沒人要的貓

Higuchi Yuko（ヒグチユウコ）文／圖

黃惠綺 譯

目次

1

喵喵的體會

我叫喵喵，是貓咪布偶娃娃。
我是世界上最幸福的布偶之一。

世上有很多溫柔的人，
還有很多溫柔的貓咪。
有些乍看下心眼很壞的貓，
其實很多並不是那麼回事。

我遇到很多溫柔的人和很多溫柔的貓咪，
覺得心靈稍微成長了。

為什麼呢？
因為以前的我只考慮著，
怎麼做才能讓自己更受到重視。

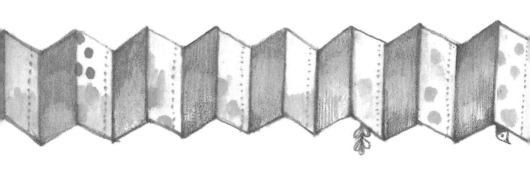

一直只從單方面去看事物，
永遠看不到其中真正的價值。

另一方面，

我也知道「惡意」的存在。

我了解到，

所有生物，牠們美好的部分，

既是「善意」造成的，也是「惡意」造成的。

我明白了，

就算在非常幸福的世界裡，

也會有悲傷的事。

8

2

命運的相遇

那一天，是命運中相遇的日子。

喵喵發現了一團不知道是什麼的咖啡色物體。

當他正要靠近時，

忽然有了不好的預感。

是貓咪啊！

很小很小的貓咪。

喵喵心中浮起不好的預感，

比之前在河邊救起嬰兒貓的時候更糟糕。

喵喵顫抖著手,
摸了摸那堆物體。
一共有三隻小貓咪。

喵喵摸到的小貓咪冷冰冰的。
牠們的身體應該是軟軟的,
卻像是被扔到外面的布偶。

喵喵一直嚮往著,
成為真正的貓。
他無力擦掉從眼睛流下來的淚水,
只能撫摸著小貓咪冰冷的身體。

這時候,其中一隻小貓稍微動了一下。
喵喵急忙抱起來,看看小貓的臉。
這隻還沒張開眼睛的貓寶寶,
仍然活著。

喵喵著急了起來，
想要趕快回家。

「要是我更早發現的話，
說不定你們都能活下來。」
喵喵將兩隻已經不會動的小貓留在原地，
發自內心向他們道歉。

奇蝦早一步飛奔回家，
向家裡的壞心貓咪報告這件事。

比較晚回到家的喵喵，
一進門就馬上衝向奇蝦和壞心貓咪。
壞心貓咪從奇蝦口中得知了事情，
已經幫他準備好許許多多物品。

喵喵立刻和
壞心貓咪討論辦法。

壞心貓咪乍看很冷漠，
其實他一點都不壞心。
在這種緊急的時候，
是非常可靠的。

貓寶寶閉著的眼睛周圍流出分泌物，

喵喵輕柔的擦掉之後，

急忙溫暖他的身體。

「也得準備貓寶寶要喝的牛奶才行。」

託壞心貓咪的福，

貓寶寶開始睡覺，很快就進入甜甜的夢鄉。

「好啦，你要養大她吧？

如果她整天待在這裡，你的主人小男孩

不就會發現了嗎？」

壞心貓咪說著，

將毛毯包裹的貓寶寶，輕輕交到喵喵手上。

喵喵看著虎斑紋路的貓寶寶，

「真的好想為她做任何事……」

喵喵懷抱著這樣的心情。

3

喵喵要當爸爸了

喵 喵當上爸爸了。
布偶貓居然是真貓咪的爸爸。

貓寶寶真的非常小，
即使是身材算小的喵喵，
也可以整個緊緊抱住她。

之後的好幾天，
因為壞心貓咪也會在晚上幫忙照顧貓寶寶，
沒有讓家裡的人發現。
喵喵晚上都得和小男孩一起睡覺，
所以他會在半夜偷偷溜出去，
看看貓寶寶的狀況。

貓寶寶到現在還沒睜開眼睛。
喵喵聞著貓寶寶香香的味道，
感受到被小男孩抱著睡覺時，
那種幸福的感覺。

隔天，

喵喵帶著貓寶寶到貓姊姊家。

貓姊姊和之前喵喵

在河邊救起來的嬰兒貓一起生活。

現在的嬰兒貓，

比之前看到時長大了很多，是個小女生貓了。

「哇，已經長到跟我差不多大了！」

看起來有點調皮的小女生貓，搖了搖尾巴，

很感興趣的看著喵喵。

貓姊姊聽了喵喵撿到貓寶寶的經過，

不知道為什麼，露出傷心的表情。

「謝謝你救了這個孩子。」

貓姊姊體貼的補充：

「如果遇到任何困難，

隨時都可以找我商量。」

那一天，

喵喵和小女生貓玩著遊戲，

心裡想著：

「希望貓寶寶也可以像小女生貓一樣，健康的長大。」

4

帶貓寶寶到動物醫院

貓寶寶越來越健康了。
但是，眼睛的分泌物還是很多，
雙眼一直睜不開。

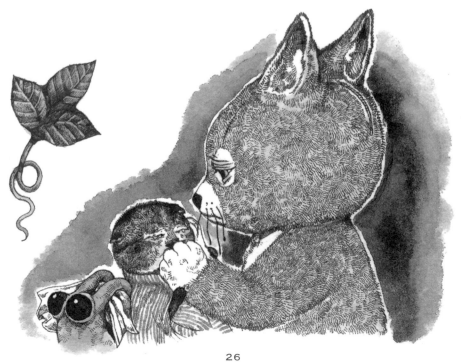

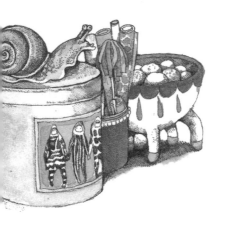

「希望妳可以早一點睜開可愛的眼睛啊！」
喵喵擔心到不知所措了。

壞心貓咪看到這情形，
給了建議，
他們決定前往動物醫院。

「醫院是什麼樣的地方呢？」
喵喵一問之下，
壞心貓咪的臉色變得很難看。

看來是發生過什麼事……
喵喵察覺到這點，就不再追問了。

壞心貓咪借來了娃娃車，
讓喵喵、貓寶寶和奇蝦一起坐進車裡，
帶著大家前往醫院。

喵喵坐在娃娃車上，
好像自己也變成了小寶寶，
覺得很開心。

5

狗醫生的故事

到了醫院，壞心貓咪到櫃台說明情況。
喵喵他們就在旁邊坐下來，
靜靜的等待。

過了一會兒，當喵喵他們要被帶進診療室，

正準備進門時，

壞心貓咪卻在等候室閉上眼睛假裝睡著了。

診療室裡，

耳朵蓬鬆的狗醫生在等他們。

醫生看了看貓寶寶，

做了許多檢查後，

給他們好幾種藥。

「這種藥，

每天都要塗在眼睛上喔，

這樣很快就會好了。」

喵喵總算放心了。

狗醫生問：

「貓寶寶是在哪裡發現的？」

喵喵就告訴醫生事情的經過。

狗醫生聽完，非常悲傷。

他說：

「那個地方啊，

是丟掉賣不出去的貓咪和小狗的地方。

他們被當成賣不出去的商品。

貓寶寶能遇到你真是太好了。」

喵喵不明白狗醫生說的話，

回家途中，他跟壞心貓咪說了這件事。

壞心貓咪聽了，表情淡然的說：

「不幸的事的確也存在於世界上。」

喵喵太震驚，受到了衝擊。

只能緊緊的、緊緊的抱著可愛的貓寶寶。

6

貓寶寶睜開眼睛了

貓 寶寶自從去了醫院、開始擦藥之後，
漸漸好起來了。

貓寶寶的身體也一點一點的長大。

喵喵他們總算鬆了口氣。

然後，終於等到這一天了。

41

貓寶寶的眼睛睜開了。
她發出可愛的
微弱聲音，
「咪——」
朝著喵喵叫了一聲。

雖然，貓寶寶的眼睛好像還不能看得
很清楚，但是，喵喵、奇蝦和
壞心貓咪都非常高興。

愛哭鬼喵喵，
開心到哭起來了。

從那時候起的每一天，
只要喵喵爸爸不在身邊，
貓寶寶就會
「咪——咪——」的叫著，
到處找喵喵。
因為這樣，壞心貓咪準備了
一個很棒的東西：

一條嬰兒背巾。

貓寶寶的眼睛看得見之後，
一雙眼睛骨碌碌的張望著，
到處看世界。

7

可靠的書店貓老闆

喵 喵一行人
來到了熟識的書店。

「哎呀，好久不見了！」
書店的貓老闆出來迎接他們。

貓老闆注意到貓寶寶，
馬上幫忙喵喵解開嬰兒背巾，
放下貓寶寶。

貓寶寶來到了陌生的地方，受到驚嚇，
跑到喵喵的腳後方躲起來。

「我當爸爸了。」
喵喵說。

「我當然知道。

一直期待你會來這裡。

之前借的嬰兒車，就是我的東西。」

「你啊，如果貓寶寶的叫聲和到處跑跳的聲響，

讓家裡的人發現了，不就糟了嗎？

到時候，就帶貓寶寶來我這裡吧。」

「好可愛喔。讓我們抱一下嘛！」

貓寶寶嚇得哭了起來。
喵喵雖然覺得不安，
但朋友說的話也讓他感到安心。

喵喵想讓貓寶寶盡快熟悉新朋友，
決定從明天開始每天到書店。
他們向貓老闆道了謝。

8

幸福的喵喵

喵喵照著和貓老闆的約定，白天都帶著貓寶寶認真的去書店報到。

原本是那麼虛弱的貓寶寶，
轉眼間就越長越大。
簡直讓人不敢相信。

喵喵全心全意的
疼愛著貓寶寶。

貓寶寶一開始很怕生，
慢慢的，也跟其他貓咪親近了。

但是，

貓寶寶最愛的還是爸爸。

如果看不到喵喵，

貓寶寶會到處尋找，

用可愛的聲音問：「爸爸在哪裡？」

「妳最喜歡的人是誰呢？」
貓老闆問貓寶寶。
「我最喜歡爸爸，
第二喜歡的是我們家的咖啡色貓咪，還有奇蝦。」

她停了一下，接著說：
「我也很喜歡書店的貓姊姊。
大家都好溫柔，我好喜歡你們。」

「妳啊，真是個幸福的孩子。

而且，這麼小就懂得顧慮對方的心情說話，

真是了不起。」

貓寶寶被貓老闆誇獎，

喵喵和奇蝦都覺得有點不好意思。

「我家的孩子是全世界最可愛的！」

喵喵心裡覺得，自己比貓寶寶還要幸福。

9

我想像爸爸一樣

貓寶寶漸漸長大，
也越來越調皮了。

喵喵他們擔心家裡的人發現貓寶寶，

一天到晚跟在貓寶寶後面，

不停的收拾。

有時候，媽媽以為是壞心貓咪做錯事，

無辜的他還因此受到責罵。

壞心貓咪也很疼愛貓寶寶，

雖然無奈，

只好默默替貓寶寶頂罪。

有一天，

貓寶寶發現自己的耳朵是又垂又彎的凹摺狀，

和壞心貓咪、爸爸都不一樣

「為什麼我的耳朵跟爸爸的不一樣呢？」

喵喵告訴她:
「每個人都不一樣,
那叫作『個性』。」
但是,貓寶寶很堅持
想要和壞心貓咪與爸爸有一樣的耳朵。

她每天對著鏡子,練習用力豎起耳朵。

喵喵他們只是靜靜的在旁邊看著貓寶寶，
希望讓她知道，
無論是現在的模樣，或是尖尖的耳朵，
哪一種都很可愛。

貓寶寶到書店玩的時候，

貓老闆問：

「哎呀，妳的耳朵怎麼尖尖的？

發生什麼事了？」

「這是和爸爸一樣的耳朵喔！」

貓寶寶抬頭挺胸，神氣的說。

「聽妳這麼一說，真的和爸爸一樣呢。
但是，不管妳的耳朵是什麼樣子，
爸爸對妳的愛不會變喔。」
貓老闆說。

「我當然知道。」
貓寶寶裝作若無其事的回答。

10

貓寶寶長大了

貓寶寶今天也到書店玩。
書店有很多不可思議的書，
貓寶寶非常喜歡這裡。
最近貓老闆如果剛好有空，
就會念故事給她聽。

「爸爸常念故事給我聽，
但是貓姊姊念給我聽也很開心！」
聽貓寶寶這麼說，貓老闆問她：
「爸爸很會念故事嗎？」

「沒有像貓姊姊這麼拿手。

但是爸爸會抱著我，

好像很開心的跟我講故事喔。

只要爸爸看起來開心，我也會開心。

還有，貓哥哥也會念給我聽！」

貓老闆表情溫柔的聽完貓寶寶的話，

輕輕抱起她，讓她坐在椅子上，

接著端出點心。

貓寶寶在吃點心的時候，
看到不認識的客人抱了很多書，
放在書桌上。

客人是兩隻體型很大的虎斑貓。

他們好像非常喜歡書，

渾然忘我的討論要買什麼書。

貓老闆似乎和他們很熟，

開心的一起聊著書。

貓寶寶看著他們聊天，
吃著點心。
之後，喵喵爸爸就來接她回家了。

「爸爸！」
貓寶寶很開心，
要爸爸像平常一樣
背著她一起回家。

「爸爸都要被妳壓扁了。
妳也該自己走路啦！」
貓老闆說。

貓寶寶不情願的從喵喵背上下來，
挽著喵喵的手。
喵喵雖然覺得背貓寶寶很辛苦，
但是一想到已經不能背她了，
忽然感到很寂寞。

11

忽然到來的分離

那一天，
突然就來臨了。

貓寶寶玩耍的聲音太大，
不小心被小男孩的媽媽聽到了。

家裡竟然出現陌生的小貓，
媽媽嚇了一跳。

「妳是從哪裡來的呢？看起來不像流浪貓。
如果是從什麼地方迷路來到家裡的話，
可能有人正在找妳呢！」

媽媽試著尋找飼主，
但是找不到，很傷腦筋。
接著，媽媽忽然把貓寶寶放進貓籠，
好像要帶他去哪裡。
喵喵在一旁完全束手無策。

壞心貓咪拚命抵抗，

但還是無法順利的讓媽媽理解。

喵喵因為是布偶，

說不出挽留的話，

也沒辦法道別，

他茫然的不知所措。

壞心貓咪告訴他：

「看來似乎是有人想要領養貓寶寶，

媽媽把她帶到那邊去了。」

喵喵不知道貓寶寶的狀況，

非常擔心。

他忘不了，

貓寶寶關進貓籠時不斷哭泣的聲音。

喵喵每天除了哭泣之外，什麼事都做不了。

幾天之後，

壞心貓咪抱起了沮喪的喵喵。

84

「走，去書店吧！」壞心貓咪這麼說。

「我知道貓寶寶在哪裡了。」
喵喵一行人飛快的跑向書店。

12
貓寶寶的下落

為了知道貓寶寶的下落，
喵喵他們到了書店後，就急忙趕到貓老闆身邊。

貓老闆已經從壞心貓咪口中
聽說了貓寶寶的事。
她體貼的請大家坐下來，
端茶出來給他們喝。

喵喵著急的想趕快知道貓寶寶的消息，
一直盯著貓老闆那雙水藍色的眼睛。

「貓寶寶啊，

現在已經成了書店常客家裡的貓了。

那家的主人，對貓咪非常溫柔喔。」

貓老闆說。

比起知道這件事，

喵喵對於突然就和貓寶寶分開，

更感到心碎。

「已經……沒辦法再見面了嗎？」

喵喵問。

「沒有這回事。

即使無法一起生活，還是可以見面喔。

忽然就分開雖然很傷心，

但是對貓寶寶來說，也許是好事吧。

因為，她不用再躲躲藏藏，

光明正大成為那個家的一員了，不是嗎？」

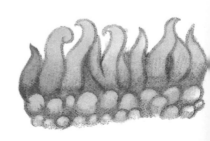

喵喵他們靜靜聽著，
頭垂得低低的。

「再過一陣子，你們一定可以見面的，放心吧。」
貓老闆摸了摸喵喵的頭。

「嗯，我期待著那一天。」
喵喵這麼回答。

喵喵他們不知道，

那一天比預期的還要早來臨。

他們現在只是垂頭喪氣，

擔心著可愛的貓寶寶。

13

和貓寶寶團圓

回到了沒有貓寶寶在身邊的生活，
喵喵每天問自己：
「貓寶寶真的變幸福了嗎？」
有時候寂寞忽然襲來，他又假裝不在乎。

大概是貓寶寶離開兩星期
之後的某一天，
一隻烏鴉飛到壞心貓咪的
身邊。

「我來傳話的，
快點到書店來！」

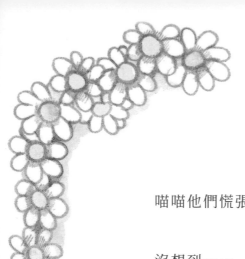

喵喵他們慌張的來到書店。

沒想到……
比之前長大很多的貓寶寶，
不太開心的坐在椅子上。

「爸爸！」

貓寶寶一看到喵喵，
邊哭邊喊。
喵喵又是高興，
又因為看到忽然回來的貓寶寶，
也嚇了一跳。

貓老闆過來了，她說：

「這孩子，
聽說在現在的家裡搗蛋胡鬧後，
逃出家門，來到這裡。」

貓寶寶露出失落的表情，只說了：「因為……」
就支支吾吾說不下去了。

那一天，

喵喵整天跟已經長得很大的貓寶寶黏在一起，

他不斷安撫變得沉默的貓寶寶。

「你們幾個，是不是該回家啦？
貓寶寶先留在書店，我來照顧，
你們明天再來就好。」

貓老闆都這麼說了，
雖然沒有問貓寶寶為
什麼回來的理由，
喵喵一行人還是很不
情願的先回家了。

14

沒人要的貓？

家裡的小男孩上學後，
喵喵他們每天都會去書店。

貓寶寶在來到書店的路上，因為跌倒又迷了路，
身上有點髒髒的，並不是在新家被欺負。
但是，貓寶寶不願意說出，
自己為什麼就算迷路了也要回到這裡。

「妳是不是也該告訴我們，
　為什麼要逃出來呢？」

兩隻貓單獨相處的那天，
貓老闆溫柔的問了貓寶寶。

沉默了一會兒，很為難的貓寶寶，
小小聲的開始說了。

「我曾經是沒人要的貓吧？」
貓寶寶說。

「是誰告訴妳的？」
貓老闆靜靜的問。

「我聽到有人說，
我是因為沒人要才像垃圾一樣被丟掉。」
貓寶寶忍不住難過，哭了起來。

「現在，

妳會覺得妳的爸爸和新家人不要妳嗎？

妳應該很清楚，

沒有那回事吧？」

貓寶寶不說話，

點了點頭。

「大家都好喜歡妳喔。

妳如果和妳那愛哭鬼的爸爸說這種話，

他一定會哭的。」

貓寶寶擦掉了眼淚。

「從妳離開家跑出來，也好一段時間了。
妳真的長大了很多呢。
我以前的舊衣服給妳穿，
過來選妳喜歡的吧。」

貓寶寶開心的看著貓老闆五彩繽紛的衣櫥，
翻看挑選裡面各種衣服後說：
「我覺得這件很棒！」

嘎啦嘎啦，門打開了。
原來是喵喵來了。

這時候，和平常打扮不一樣、
穿著黑色洋裝的貓寶寶現身了。

喵喵看著像是小姐的貓寶寶，
流下了眼淚。
「爸爸，你為什麼哭呢？」
喵喵的眼淚停不下來。

「爸爸，我這樣不就像是你的媽媽了嗎？」
貓寶寶說著，舉起喵喵。
貓老闆在一旁靜靜看著他們。

15

還會在這裡見面

　　喵喵他們在書店，
喵　喝茶聊天的時候，

之前看過的、

兩位體型高大的虎斑貓走了過來。

這時侯，

貓寶寶忽然跑到喵喵身後，躲了起來。

「皮諾！」

藍色衣服的虎斑貓說。

「我們一直在找妳！
聽說妳在這裡，我們來接妳啦。」
紅色衣服的條紋貓說。

喵喵嚇了一跳。
貓老闆告訴他，
這兩隻貓就是領養貓寶寶的飼主家裡的貓。

「為什麼妳要告訴他們
我在這裡？」
貓寶寶難過的
問貓老闆。

「妳不見了，
家裡的人都在四處找妳喔。
妳已經是他們的家人了吧？」

貓寶寶緊緊貼著喵喵，小聲的說：
「你們不生氣嗎？我說了很多令人不開心的話⋯⋯」

「我們沒有生氣，
而且爸爸媽媽也擔心的正在到處找妳，
快回家吧。」

看起來，
領養貓寶寶的家庭非常疼愛她，
喵喵很放心。

「我也喜歡哥哥，
但是我不想和爸爸說再見啊！」
貓寶寶似乎很痛苦的說。

喵喵用他的手輕輕撫摸貓寶寶的眼睛，
感覺到淚水滲進手的布料。
「他們為妳取了皮諾這個名字嗎？」
貓寶寶點點頭。

「之後還是可以在這裡和爸爸見面喔。」
喵喵忍著不哭，
將掉落的粉紅色緞帶，
重新綁上貓寶寶的脖子。

「隨時歡迎妳來喔。」
貓老闆輕輕推了推貓寶寶的肩膀。

貓寶寶和虎斑貓手牽著手，
不斷的回頭張望，一起回家了。

「喵喵，你居然沒哭啊！」
壞心貓咪才說完，
喵喵的眼淚就不聽使喚的
一直流出來。

「果然還是哭了！」
貓老闆笑著說。

「好啦！我們也回家囉！」

壞心貓咪帶著喵喵和奇蝦，

走出書店，一起回到他們自己的家。

小麥田

故事館51
沒人要的貓
いらないねこ

作　　　者　Higuchi Yuko（ヒグチユウコ）
譯　　　者　黃惠綺
封 面 設 計　羅心梅
責 任 編 輯　丁寧

國 際 版 權　吳玲緯
行　　　銷　闕志勳　吳宇軒　余一霞
業　　　務　李再星　李振東　陳美燕
副 總 編 輯　巫維珍
編 輯 總 監　劉麗真
事業部總經理　謝至平
發 行 人　何飛鵬
出　　　版　小麥田出版
　　　　　　115台北市南港區昆陽街16號4樓
　　　　　　電話：(02)2500-0888　傳真：(02)2500-1951
發　　　行　英屬蓋曼群島商家庭傳媒股份有限公司
　　　　　　城邦分公司
　　　　　　115台北市南港區昆陽街16號8樓
　　　　　　網址：http://www.cite.com.tw
　　　　　　客服專線：(02)2500-7718｜2500-7719
　　　　　　24小時傳真專線：(02)2500-1990｜2500-1991
　　　　　　服務時間：週一至週五 09:30-12:00｜13:30-17:00
　　　　　　劃撥帳號：19863813　戶名：書虫股份有限公司
　　　　　　讀者服務信箱：service@readingclub.com.tw
香港發行所　城邦（香港）出版集團有限公司
　　　　　　香港九龍土瓜灣土瓜灣道86號順聯工業大廈6樓A室
　　　　　　電話：(852)25086231　傳真：(852)25789337
　　　　　　E-MAIL：hkcite@biznetvigator.com
馬新發行所　城邦（馬新）出版集團【Cite(M) Sdn. Bhd.】
　　　　　　41-3, Jalan Radin Anum, Bandar Baru Sri Petaling,
　　　　　　57000 Kuala Lumpur, Malaysia.
　　　　　　電話：+603-9056-3833　傳真：+603-9057-6622
　　　　　　讀者服務信箱：services@cite.my
麥田部落格　http://ryefield.pixnet.net
印　　　刷　前進彩藝有限公司
初　　　版　2018年6月
初 版 6 刷　2024年3月
售　　　價　399元

IRANAI NEKO
By Yuko Higuchi
© Yuko Higuchi 2017
All rights reserved.
First published in Japan in 2017 by
HAKUSENSHA, Inc., Tokyo
Traditional Chinese language
translation rights arranged with
HAKUSENSHA, Inc., Tokyo through
Japan Foreign-Rights Centre /
Bardon-Chinese Media Agency,
Taipei.
Chinese (in complex character only)
translation copyright © 2018 by Rye
Field Publications, a division of Cite
Publishing Ltd.

國家圖書館出版品預行編目資料

沒人要的貓／Higuchi Yuko 著；
黃惠綺譯. -- 初版. -- 臺北市：小麥
田出版：家庭傳媒城邦分公司發行，
2018.06
　面；　公分. --（故事館；51）
譯自：いらないねこ
ISBN 978-986-95636-9-7（平裝）

861.67　　　　　　　　107007727

版權所有　翻印必究
ISBN 978-986-95636-9-7
本書若有缺頁、破損、裝訂錯誤，請寄回更換。

城邦讀書花園
www.cite.com.tw
書店網址：www.cite.com.tw